CYBELLE AMOUREUSE,

PARODIE NOUVELLE

D'ATIS, *(de Quinault)*

Par M. STICOTTI, *Comédien Italien ordinaire du Roi.*

A PARIS,

Chez PRAULT pere, Quai de Gêvres, au Paradis.

M. DCC. XXXVIII.

Avec Approbation & Privilége du Roi.

APPROBATION.

J'AY lû, par ordre de Monseigneur le Chancelier, une *Parodie de l'Opera d'Alis.* A Paris ce 10 Fevrier 1738.

Signé, LA SERRE.

PRIVILEGE DU ROY.

LOUIS, par la grace de Dieu, Roi de France & de Navarre : A nos amés & féaux Conseillers les Gens tenans nos Cours de Parlement, Maîtres des Requestes ordinaires de notre Hôtel, Grand Conseil, Prevôt de Paris, Baillifs, Sénéchaux, leurs Lieutenans Civils & autres nos Justiciers qu'il appartiendra, SALUT. Notre bien amé PIERRE PRAULT, Libraire & Imprimeur de nos Fermes & Droits à Paris, Nous ayant fait remontrer qu'il souhaiteroit faire imprimer ou imprimer & donner au Public, *Nouveau Recueil de Pieces de Théatre Italien ; le Diable boiteux ; Histoire d'Osman, Premier du nom ; la Verité triomphante de l'Erreur,* s'il nous plaisoit lui accorder nos Lettres de Privilege sur ce necessaires ; offrant pour cet effet de les imprimer ou faire imprimer en bon papier & beaux caracteres, suivant la feüille imprimée & attachée pour modele sous le Contre-scel des Présentes. A ces causes, voulans favorablement traiter ledit Exposant, Nous lui avons permis & permettons par ces Présentes, d'imprimer ou faire imprimer lesdits Livres ci-dessus specifiés en un ou plusieurs volumes, conjointement ou séparément, & autant de fois que bon lui semblera ; & de les vendre, faire vendre & débiter par tout notre Royaume, pendant le tems de neuf années consecutives, à compter du jour de la datte desdites Presentes : Faisons défenses à toutes sortes de Personnes de quelque qualité & condition qu'elles soient, d'en introduire d'impression étrangere dans aucun lieu de notre obéissance ; comme aussi à tous Imprimeurs, Libraires & autres, d'imprimer, faire imprimer, vendre, faire vendre, débiter, ni contrefaire lesdits Livres ci-dessus exposés, en tout ni en partie, ni d'en faire aucuns Extraits, sous quelque pretexte que ce soit, d'augmentation, correction, changement de titre, ou autrement, sans la permission expresse & par écrit dudit Exposant, ou de ceux qui auront droit de lui, à peine de confiscation des Exemplaires contrefaits, de six mille livres d'amende contre chacun des contrevenans, dont un tiers à Nous, un tiers à l'Hôtel-Dieu de Paris, l'autre tiers audit Exposant, & de tous dépens, dommages & interêts ; à la charge que ces Présentes seront enregistrées tout au long sur le Registre de la Communauté des Imprimeurs & Libraires de Paris, dans trois mois de la datte d'icelles ; que l'impression de ces Livres sera faite dans notre

Royaume & non ailleurs; & que l'Impétrant se conformera en tout à
Reglemens de la Librairie, & notamment à celui du 10 Avril 17
Et qu'avant qué de les exposer en vente, les Manuscrits ou Imprim
qui auront servi de copie à l'impression desdits Livres, seront remis dan
même état où les Approbations y auront été données, ès mains de no
très-cher & féal Chevalier Chancelier de France, le Sieur Daguesse
Commandeur de nos Ordres; & qu'il en sera ensuite remis deux Exe
plaires de chacun dans notre Bibliothèque publique, un dans celle de no
Château du Louvre, & un dans celle de notre très-cher & féal Chevali
le Sieur Daguesseau, Chancelier de France, Commandeur de nos O
dres; le tout à peine de nullité des Présentes, Du contenu desquel
vous mandons & enjoignons de faire joüir l'Exposant ou ses ayans cau
pleinement & paisiblement, sans souffrir qu'il leur soit fait aucun trou
ou empêchement, Voulons que la Copie desdites Présentes, qui sera imp
mée tout au long au commencement ou à la fin desdits Livres, soit ter
pour duëment signifiée, & qu'aux Copies collationnées par l'un de
amez & féaux Conseillers & Secretaires, foi soit ajoûtée comme à l'
riginal; Commandons au premier notre Huissier ou Sergent de fa
pour l'exécution d'icelles, tous Actes requis & nécessaires, sans dem
der autre permission, & nonobstant clameur de Haro, Charte Norma
& Lettres à ce contraires: CAR tel est notre plaisir. DONNE
Versailles, le vingtième jour de Decembre, l'an de grace mil f
cent trente-fept, & de notre Régne le vingt-troisième. Par le Roi
son Conseil. Signé, SAINSON.

*Regiftré fur le Regiftre IX. de la Chambre Royale des Libraires & I
primeurs de Paris, No. 561. Folio 524. conformément aux ancien
glemens, confirmés par celui du 28. Février 1723. A Paris ce vingt-
Decembre mil fept cens trente-fept. Signé, S. LANGLOIS, Syn*

CYBELLE
AMOUREUSE,
PARODIE NOUVELLE
D'ATIS.

ACTEURS.

CYBELLE.

ATIS.

SANGARIDE.

CELENUS.

IDAS.

DORIS.

MELISSE.

Le Fleuve SANGARD.

UN DEMON couvert de plumes & de papier.

TROUPES d'Indiens.

TROUPES de Fleuves & de Nayades.

TROUPES de Bergers & de Bergeres.

CYBELLE
AMOUREUSE,
PARODIE NOUVELLE
D'ATIS.

Le Théatre repréfente un Bois, au bout duquel on voit une Montagne:

SCENE PREMIERE.
ATIS, CHOEUR.
ATIS.

AIR: *Vivons pour ces filletes.*

EUPLE, affemblez-vous dans
ces lieux ;
Nous allons voir du haut des
cieux
Cybelle ici fe rendre :

CYBELLE AMOUREUSE,
Courons la voir défcendre, courons,
Courons la voir défcendre.

LE CHOEUR *repete.*

Peuple, affemblez-vous, &c.

ATIS.

AIR. *J'ai du bon tabac.*

Des faveurs que fur nous répand la belle
Le refte du monde fera jaloux ;
Allons, peuple, égozillez-vous,
Allons, allons, accourez tous.
Allons, allons voir défcendre Cybelle,
Elle va venir demeurer chez nous.

LE CHOEUR.

Allons, allons voir défcendre, &c.

SCENE II.

ATIS, IDAS, SANGARIDE, DORIS.

TOUS QUATRE.

AIR. *Ho, ho tourelouribo.*

Tous quatre marquons notre allégreffe,
Ho, ho, ho, tourelouribo,
Allons tous, par politeffe,
Ho, ho, tourelouribo,

'Au devant de la Déeſſe,
Ho, ho, ho, tourelouriba.

SANGARIDE.

Aɪʀ. *Ah! Qu'il eſt drole! Ah! Qu'il eſt beau le*
franc moineau!

Les petits oiſeaux d'alentour
Chantent d'une façon nouvelle,
On diroit que dans ce grand jour
Ils ne parlent que de Cybelle.
Ah! Qu'ils ſont drôles! Ah! Qu'ils ſont beaux
Ces francs moineaux.

ATIS.

'Aɪʀ. *La révérence Angloiſe.* (Contre danſe.)
Ils parleront d'amour, un Roi grand, redoutable,
Avant la fin du jour deviendra votre époux.
Que votre ſort eſt beau! Célenus eſt aimable,
Tout, dans ces lieux charmans, parle d'amour pour
vous.

SANGARIDE.

Le triomphe eſt doux;
L'amour met les Rois à nos genoux;
Le triomphe eſt doux,
S'ils n'aiment que nous:
J'aime ma victoire,
Et je m'en fais gloire.

CYBELLE AMOUREUSE;

ATIS.

Vous aimez bien,
Madame, & moi je n'aime rien.
Air de Belphegor. *Il n'est qu'un certain tems.*
Oui, je suis l'amoureuse chaîne,
Elle cause trop de tourmens
Aux amans :
J'aime mieux une paix certaine ;
Elle offre bien moins de plaisirs
Aux désirs ;
Mais ce sont des plaisirs sans peine.
Air. *De tout temps le jardinage.*
Auprès des Fleurs & des Belles,
Par mille épines cruelles
Nous nous sentons assaillir ;
L'épine s'émousse-t-elle ?
La rose alors n'est plus nouvelle ;
Songe-t-on à la cueillir ?

SANGARIDE.

Air. *Il ne faut point avoir peur sur les flots de Cythere, &c.*
Est-ce un grand mal de trop aimer
Ce que l'on trouve aimable ?
Du péril faut-il s'alarmer
Lorsqu'il est agréable ?
On ne doit point avoir peur.

ATIS *à part.*

Le trait est admirable,
Qu'augurer de son cœur?

SANGARIDE.

AIR. *Quand le péril est agréable.*

Seigneur, seriez-vous invincible,
L'amour par tout règne à bon droit.

ATIS.

Ce cœur, que vous croïez si froid,
Plus qu'un autre est sensible.

AIR. *L'amour, la nuit & le jour.*

Je veux lui mettre un frein:
Pour le peu qu'il crût plaire,
Il iroit si grand train,
Qu'il voudroit pouvoir faire
L'amour.
La nuit & le jour.

AIR. *Allons, allons à la guinguette, allons.*

Idas, sortons,
Je crains que l'Immortelle,
Dans ces cantons,
Ne me trouve avec elle;
Et, sans fin répetons,
Allons, allons,
Voir descendre Cybelle;
Allons.

SCENE III.

SANGARIDE, DORIS.

SANGARIDE.

'AIR. *C'eſt Mademoiſelle Manon que je prends pour maîtreſſe.*

ATis eſt trop heureux.
DORIS.
Lui portez-vous envie ?
SANGARIDE.
Maître de tous ſes vœux ;
Atis eſt trop heureux.
Qu'on eſt malheureux ;
Lorſque l'on eſt trop amoureux !
DORIS.
Au maître de ces lieux
Vous devez être unie :
De ſi charmans nœuds
Doivent ſatisfaire vos feux.
SANGARIDE.
Eſt-ce à lui que j'en veux ?
Atis eſt trop heureux.

AIR. *Des Feuillantines.*

Le Roi me fait grand honneur ;
Mais mon cœur
N'est pas pour ce fier vainqueur ;
Si Célenus me couronne,
Il n'aura que ma personne.

AIR. *Je sens un certain je ne sçai qu'est-ce.*

On n'est point maîtresse de soi,
Lorsque l'amour nous blesse :
Atis a toute ma tendresse.
Doris, si-tôt que je le voi,
Je sens un certain je ne sçai qu'est-ce ;
Je sens un certain je ne sçai quoi.

AIR. *Tu croyois en aimant Colette.*

Tu connois l'objet de ma flamme ;
Je viens de te le révéler ;
Mais de peur que l'on ne m'en blâme ;
Je te défends bien d'en parler.

ENSEMBLE.

AIR *des Fanatiques.*

Qu'un amant ait sçu nous toucher ;
Nous en faisons mystere,
Quoiqu'on puisse reprocher
A notre caractere ;
Mais l'homme sçait mal cacher
Ce que la femme sçait taire.

DORIS.

AIR. *Quand Moyse fit défense.*

Votre passion m'enchante,
Votre amant vient, je le voi :
Princesse, soyez prudente,
Je suis votre humble servante ;
Car vous n'avez pas, je croi,
Maintenant besoin de moi.

SCENE IV.

ATIS, SANGARIDE.

ATIS.

AIR. *Vous avez bien de la bonté.*

CE jour est un grand jour pour vous,
Au Roi le fort vous lie.

SANGARIDE.

Atis n'en fera point jaloux.

ATIS.

Aimez-le, je vous prie,
Je sers avec sincérité
Cet amant qui pour vous soupire.

SANGARIDE.

Je vous admire ;

Seigneur, en vérité,
Vous avez bien de la bonté.

ATIS.

AIR. *Si j'avois connu Monsieur de Catina.*

Comme de bons enfans,
Paffez bien votre temps,
C'eft ma plus chere envie,
Vivez bien contents;
Le plus beau de vos jours,
Qui comble vos amours,
Peut-être de ma vie
Va borner le cours.

SANGARIDE.

TRIOLET.

Que vous me caufez de frayeurs!
Mais, Atis, qu'avez-vous à craindre?

ATIS.

Du fort j'éprouve les rigueurs.

SANGARIDE.

Que vous me caufez de frayeurs!

ATIS.

Hélas! D'amour pour vous je meurs.

SANGARIDE.

Vivez, & ceffez de vous plaindre.
Que vous me caufez de frayeurs!
Mais, Atis, qu'avez-vous à craindre?

AIR. *Les petits rats.* (Contredanse.)

'Atis vous m'aimez donc ?

ATIS.

Oüi, je vous aime:

Mais, après cet aveu, je veux mourir.

SANGARIDE.

Ah ! Seigneur, votre folie est extrême,
De l'Amour on peut aisément guérir.

ATIS.

Aimez le Roi ; que le devoir vous guide.

SANGARIDE.

Je le devrois, soit dit entre nous.
Mais, Atis, connoissez mieux Sangaride ;
Elle est tout aussi folle que vous.

ATIS.

AIR. *De tous les Capucins du monde.*

En effet je suis ridicule,
Le Roi perdroit à mon scrupule,
Et d'ailleurs je serois fort mal
De lui faire un tel sacrifice ;
Empêcher l'Hymen d'un Rival ;
C'est lui rendre un fort bon office.

ENSEMBLE,

AIR. *Et marions-nous donc.*

L'Amour est une sympathie,
Qui par le cœur toujours nous lie,

'Quand le cœur ne dit rien tout bas ;
C'est que nous n'aimons pas,
Mais puisque mon cœur & le vôtre,
Par l'Amour sont faits l'un pour l'autre,
Moquons-nous du quand dira-t-on ?

Princesse, ⎫
⎬ aimons-nous donc.
Atis, ⎭

SANGARIDE.

'AIR. *A la façon de barbari mon ami.*
(*bas.*)

On vient, feignons en ce moment ;
Et craignons d'en trop dire :

(*haut.*)

Oui, mon cœur est indifferent ;

ATIS.

(*bas.*)

Ce n'est donc que pour rire ?
Vous ne parlez pas tout de bon ;
La faridondaine, la faridondon.

(*haut.*)

Je suis indifferent aussi ;
Biribi.
A la façon de barbari mon ami.

SCENE V.

CYBELLE *descend de son Char.*
LE CHOEUR.

LE CHOEUR.

AIR. Ma pinte & ma mie, au gai.

Commençons & célébrons,
La Fête nouvelle,
Par nos jeux & nos chansons,
Marquons notre zéle,
Descendez dans ces cantons,
Ici nous vous attendons,
Puissante Cybelle,
Au gai,
Puissante Cybelle.

CYBELLE.

*La coëfeuse contredanse. AIR. Je suis gaillard & j'ai
bon estomach.*

Quoique des Cieux, je descende ici-bas,
Sçachez que je ne songe pas
Aux biens de ces climats ;
Peuple qui sans cesse m'implore,
Je viens exprès pour qu'on m'adore ;
Pour vous quel honneur !

Je sais choix d'un sacrificateur,
Admirez son bonheur,
Pour lui quelle faveur !
Et j'en fais mon adorateur,
Car je n'en veux qu'au cœur.

LE CHOEUR.

AIR. *Tourelourette, ma tantourelourette.*

Pour la Déesse en ce jour
Ayons tous beaucoup d'amour ;
Que notre ardeur soit parfaite, tourelourette,
Tourelourette,
Ma tantourelourette,

SCENE VI.

CYBELLE, CELENUS.

CYBELLE.

AIR. *Et allons donc, joüez, violons.*

S Ans faire plus long-tems attendre,
Célénus, je vais vous apprendre,
Le nom du sacrificateur ;
Si j'en voulois un de naissance,
Pour vous pancheroit la balance ;
Le trône & la grandeur,
N'est pas ce qu'exige mon cœur :

Atis aura la préference ;
Pourvû que sa reconnoissance
Egale un semblable bienfait ,
Atis seul peut être mon fait.

CELENUS.

AIR. *Ton humeur est Catherine.*

Pour moi , qu'une forte chaîne ,
Dès long-tems sçut engager ,
Pour une autre souveraine,
Je ne sçaurois plus changer :
Sur cet article une belle
Ne nous fait point de quartier ,
Et de son côté Cybelle ,
Merite un cœur tout entier.

CYBELLE.

AIR. *Que j'estime mon cher voisin.*

Joüissez de votre bonheur ,
Que l'Amour seul vous guide ;
Seigneur , à peine votre cœur ,
Suffit pour Sangaride.

Premier AIR *noté.*

Partez, qu'Atis apprenne sa grandeur ;
Qu'il sçache où ma faveur l'appelle.

CELENUS.

Oui , j'aurai le premier l'honneur
De lui porter cette nouvelle.

SCENE

SCENE VII.

CYBELLE, MELISSE.

MELISSE.

Air. *Non., je ne ferai pas ce qu'on veut que je faſſe.*
Tis a tant d'honneur, ne devoit point s'attendre.

CYBELLE.

Cet honneur-là n'eſt rien, je vais bien te ſurprendre.

MELISSE.

Eſt-il pour un mortel un rang plus gloſieux?

CYBELLE.

Ce mortel dans mon cœur eſt au-deſſus des Dieux.

MELISSE.

Air. *L'Amour eſt de tout âge.*
L'Amour qui regne dans les cieux,
Vous punit d'avoir été ſi fiere;
Entre nous, la mere des Dieux
Devoit bien aimer la premiere,
Mais il vaut mieux tard que jamais;
On en ſouffre un peu davantage.
Que tout repette déſormais,
L'Amour eſt de tout âge.

B

CYBELLE.

AIR. *Vous n'avez pas befoin qu'on vous confole.*

Pour cet Amant je quitte tout fans peine,
Jufques aux biens dans le ciel préparés.
L'Amour unit d'une plus forte chaîne;
Ceux que le fort a le plus féparés.

MELISSE.

AIR. *Voilà ce qui m'étonne.*

Que la tendreffe ait pour vous des appas;
Je ne fçaurois vous contredire,
Vous étes femme, c'eft tout dire ;
Cela ne me furprend pas :
Mais quand je voi que, malgré fa couronne;
Le Roi Célénus vous déplait,
Et que vous choififfez tout net;
Au lieu du maître, le valet;
Voilà ce qui m'étonne.

CYBELLE.

AIR. *Bouteille que vous êtes heureufe.*

Quel plus haut rang ai-je à prétendre ?
De quoi ne viens-je pas à bout ?
Pour aimer il faut bien defcendre,
Quand on eft au-deffus de tout.

AIR. *L'horofcope étoit accompli.*

Il faut te charger d'introduire
Le fommeil en ce beau féjour,

Il n'oubliera pas d'y conduire
Les songes qui lui font la cour,
Atis ignore ma tendreffe ;
Admire quelle eft mon adreffe :
Je prétens par ce tour nouveau,
La faire entrer dans fon cerveau.

MELISSE.

AIR. *Rien n'eft pire que l'eau qui dort.*

Les rêves font tout autant de menfonges,
Qu'attendez-vous de ces fils du fommeil ?

CYBELLE.

Ah ! Quel travers, tu ne penfes qu'aux fonges ?
Moi, je compte fur le réveil.

SCENE VIII.

ATIS, CYBELLE, LE CHOEUR ;
peuples de la Chine.

LE CHOEUR.
Sur l'AIR *De la découpure.*

A Tis eft devenu Seigneur ;
Que chacun s'empreffe
A témoigner fon allégreffe.
Atis eft devenu Seigneur,

Que chacun lui rende un hommage flatteur.

Trémouſſons, trémouſſons, trémouſſons-nous,
Sautons, gambadons, faiſons briller notre adreſſe,
Trémouſſons, trémouſſons, trémouſſons-nous,
Sautons, gambadons, rions, faiſons les fous.

ATIS.

AIR. *Je ſuis dans le tems de l'aimable jeuneſſe.*
Epargnez les frais d'une longue tirade,
Ouvrez les yeux, connoiſſez votre erreur;
Je ne ſuis encor que votre camarade,
Cybelle, ici, m'a fait ſon Procureur:
A ce titre ſeul je puis recevoir vos aubades;
C'eſt ſous ſon nom que j'agis;
Je vais, de ce pas, rendre vos chants & vos gambades,
A la Dame du logis.

(*on danſe.*)

SCENE IX.

ATIS *ſeul.*

AIR. *Si le Roi m'avoit donné.*
O Se tu bien me flatter,
Fortune ennemie,
Tandis que tu veux m'ôter,
Ma petite amie.

De quoi me sert d'être grand ?
J'aime mieux baisser d'un cran ;
Et revoir ma mie , au gai ,
Et revoir ma mie.

A I R. *Comment faire.*

Puis-je voir mon Roi dans ce jour ;
La victime de mon amour ?
L'honneur à l'amour est contraire :
Mais dois-je, pour servir l'honneur ,
Trahir Sangaride, & mon cœur ?
Comment-faire ?

Menuet de Pyrame.

Il me faudra ;
Quoiqu'on en dise ;
Faire une sottise,
Et finir par-là ;
Elle est forte ,
Mais que m'importe ;
Qu'est-ce qu'on dira ?
Il fait comme à l'Opera.

La symphonie joue une ritournelle lente , sur l'Air.
Et quand ils furent revenus.

Que ces sons me semblent touchans: *bis.*
Mais je m'endors à leurs accens,
Il faut donc qu'à l'Italienne ,
Je fasse la méridienne.

B. iij

SCENE X.

SONGES agréables & funestes.

ATIS se jette dans un fauteuil, le dos se baisse, & forme un lespece de berceau d'enfant, avec des pieds ronds, pour pouvoir bercer : des jeunes nourrices le bercent, en chantant, do, do.

*La symphonie joüe l'*AIR *Do, do, l'enfant do.*

LE CHOEUR.

Sur le même AIr.

Do, do,
L'enfant do,
L'enfant dormira tantôt.

Carillon des Cloches.

Que les fous
Les jaloux,
Les mamans & les époux,
S'endorment, s'endorment
Tous.

S'endorment,

UN SONGE AGREABLE.

AIR. *De tout tems le badinage.*

Une vertu trop austere,
Contre l'enfant de Cytere ;

Fait un inutile effort ;
En vain, elle le traverse ;
Tout doucement l'Amour la berce ;
Et la cruelle s'endort.

AIR. *Dupont mon ami.*

Apprend par nos voix
Que Cybelle t'aime,
Répons à son choix,
Aime-la de même,
Cher ami, voilà comment
Le bien nous vient en dormant.

(Des hommes en hibou prennent la place des Nourrices.)

SONGES FUNESTES.

Contredanse. AIR. *Cordon bleu.*

Pour punir notre infidélité,
En figure
De mauvaise augure ;
Les Dieux ont changé notre beauté ;
Cybelle, ainsi punit le parjure :
Si la Déesse, cher Atis,
Transformoit les hommes ;
En ce que nous sommes,
Pour avoir quitté leurs Cloris ;
Que de hibous on verroit dans Paris !

(Le berceau disparoît & Atis se leve dessus le fauteuil en sursaut.)

B iiij

SCENE XI.

CYBELLE, ATIS.

ATIS.

AIR. *Les filles de Montpellier.*

SEcourez-moi , justes Dieux
Dont le cœur est pitoyable ;
Tous les Démons en ces lieux
Font un sabat effroyable.
Ahi , ahi , ahi ,
J'ai crû voir le Diable ;
Cybelle , ahi , ahi , ahi.

AIR. *Je suis Madelon friquet.*

Mais tout songe est un menteur ;
Je m'en moque , & n'en fait que rire ;
C'est une folle vapeur ;
Qui ne doit pas me faire peur.

CYBELLE.

Celui-ci n'étoit pas trompeur.

ATIS.

Comment donc que voulez vous dire ?

CYBELLE.

C'est qu'Amour en est l'auteur ;
Oüi , je l'avois fait porteur

PARODIE.

Des fentimens qu'Atis m'infpire.
ATIS.
Le plaifant ambaffadeur ;
Pour me déclarer votre ardeur!
CYBELLE.
AIR. *Mais.*
'Atis répons à la plus vive flâme:
ATIS.
Je vous refpecte , & de toute mon ame,
Mais,
Jufqu'à vous aimer , Madame,
Je ne m'oublirai jamais.
CYBELLE.
'AIR. *Eft-ce que cela fe demande?*
Bon ! tous les Dieux fon rebutés
De leur grandeur fuprême ;
Ils font las d'être refpectés ;
Ils veulent qu'on les aiment :
De l'Amour , Atis , fuis la loi ;
Ce Dieu te le commande.
ATIS.
Hé bien , que voulez-vous de moi ?
CYBELLE.
Eft-ce que celà fe demande ?

SCENE XII.

CYBELLE, SANGARIDE, ATIS,

SANGARIDE.

La Têtar. Contredanfe. Air. *Marions, marions ; marions-nons.*

POur le repos de fes jours ;
C'eft à vous, grande immortelle ;
Que Sangaride a recours.

ATIS.

A qui donc s'adreffe-t-elle ?
Finiffez, finiffez tous vos difcours ;
Je vais parler à Cybelle.

SANGARIDE.

Prêtez-moi, prêtez-moi votre fecours.

ATIS.

Parlera-t-elle toujours ?
Air. *Beauté plus friande qu'un chat.*
En quatre mots voici le fait,
Le Roi Célénus lui déplaît.
Empêchez, puiffante Cybelle ;
Qu'il ne devienne fon époux.

CYBELLE.

Mais en plaidant fi bien pour elle ;

Ne parleriez-vous pas pour vous ?

'Air. *La jeune Abbeſſe de ce liéu.*

N'appréhendez plus d'épouſer
Cet amant qui vous déſeſpere ;
Et j'aurai grand ſoin d'appaiſer
Le Fleuve Sangard votre pere.
Puiſqu'Atis pour vous parle ſi bien ;
Je ne puis vous reſuſer rien.

A i r. *Maris avalez le goujeon.*

Atis, n'en faites point myſtere ;
Pourquoi cacher votre bonheur ?
Je vous aime & ne puis le taire.

ATIS.

Oh , vous me faites trop d'honneur.

CYBELLE.

'Air. *Ah ! Philis, je vous veux, je vous aime.*

Une fille ici que l'Amour touche ,
N'oſe le déclarer hautement.
Mais là-haut impunément.
Nous faiſons , ſans rien craindre , un aveu ſi charmant.

ATIS.

Ah ! plus d'une fillette farouche ;
Voudroit être Déeſſe en aimant.

CYBELLE.

'Air. *Deux cœurs ſe donnent troc pour troc.*

Je vous arme de mon pouvoir,

Pour défendre votre parente.
Partez.

ATIS.

Je ferai mon devoir ;
Sangaride fera contente.

SCENE XIII.

CYBELLE *seule.*

AIR. *Des proverbes de M. Quinault.*

A Tis me fuit , que faut-il que je pense ?
L'ingrat Atis n'a que de la froideur ;
Ignore-t-il qu'un tendre amour dispense
Des vains égards qu'éxige la grandeur ?

AIR. *La serrure.* ou , *Quoique le cœur d'une coquette.*

Non , non , ne soyons point la dupe
De ses discours trop circonspects ,
Sangaride en secret l'occupe ,
Et moi je n'ai que ses respects.

SCENE XIV.

SANGARIDE, IDAS, DORIS.

IDAS, DORIS.

AIR. *Du* Confiteor.

QUoi ! Sangaride, vous pleurez.

SANGARIDE.

Helas ! ma douleur eſt mortelle.

IDAS, DORIS.

Quoi ! toujours vous ſoupirerez.

SANGARIDE.

Hélas !

IDAS, DORIS.

Contes tout à Cybelle.

SANGARIDE.

Helas !

IDAS, DORIS.

Qui cauſe vos ennuis ?

SANGARIDE.

Hélas !

IDAS, DORIS.

Achevez.

SANGARIDE.

Je ne puis.

AIR. *A l'ombre d'un ormeau.*

Ah ! Je n'aime plus qu'un perfide ;
Qui vient de trahir mon amour ;
Atis n'aime plus Sangaride,
Pour Cybelle, il la quitte en ce jour,
IDAS, DORIS.
Gardez-vous, gardez-vous,
D'un transport trop jaloux.
SANGARIDE.

AIR. *Un Cordelier d'une riche encolure.*

De mon ingrat que je suis maltraitée
Comme une effrontée,
Cybelle hautement
Le veut pour son amant ;
Mais c'en est fait, oüi, puisqu'il m'abandonne ;
Au Roi je me donne ;
Un Trône vaut bien
Un faquin qui n'a rien.

Second Air noté. Menuet. *Viens dans mon ame.*

Eteins ma flâme.
Raison par tes bienfaits ;
Rens-moi la paix ,
Viens dans mon ame ,
Raison regne à jamais.
DORIS, IDAS.
Un Amant plaît quoiqu'il soit infidéle ;

Plus il fuit, plus il semble avoir d'appas;
La raison nous voit dans les las.
Quoiqu'on l'appelle,
Elle ne revient pas.

SANGARIDE.

Eteins ma flâme, &c.

SCENE XV.

CELENUS, SANGARIDE, ATIS.

CELENUS.

Air. *Et puis ils s'en furent dans une masure.*

L'Hymen va par de doux nœuds
    Combler mes vœux;
Répondez à mes tendres feux;
    Aimable Princesse,
    Mon cœur vous en presse.

Air. *Que toute la terre est à moi.*

Daignez partager ma couronne;
Sans vous je ne l'estime pas :
  Elle est le prix de vos appas;
Et c'est l'Amour qui vous la donne;
  Si j'obtiens votre foi,
Je croi que toute la terre;
Que toute la terre est à moi,
Que toute la terre est à moi.

CYBELLE AMOUREUSE,
SANGARIDE.

Air. *Allons la voir à S. Clèud.*

Oui, je suis à vous, Seigneur;
Puisque mon pere l'ordonne.

CELENUS.

De vous j'attens mon bonheur;
Non, d'un pere qui vous donne;
J'entens soûpirer votre cœur.

SANGARIDE.

Vous pouvez en votre faveur,
Croire que je soupire:
N'est-ce pas assez en dire?

CELENUS.

Troisiéme Air noté.

Air. *Tambourin d'Hypermneftre.*

Le bonheur de ma vie,
De vous seule dépend;
Si vôtre cœur n'est point changeant
Jean.

SANGARIDE.

J'en suis, ma foi, ravie;

CELENUS.

Que de si tendres amours
Durent toujours.
Rien n'en pourra borner le cours
Cours.

SANGARIDE.

PARODIE.

SANGARIDE.

Cours.

CELENUS.

Grands Dieux ! Que mon bonheur est extrême!
Cher Atis, sois-en témoin toi-même.
Pourrai-je exprimer comme à mon tour je l'aime!
Que d'attraits!
Ils combleront mes souhaits,
Et mes plaisirs seront parfaits,
Fais,
Le bonheur de ma vie
De vous seule dépend,
Si votre cœur n'est point changeant.

SANGARIDE.

J'en,
J'en suis, ma foi, ravie.

CELENUS.

Que de si tendres amours
Durent toujours,
Rien n'en pourra borner le cours.

SANGARIDE.

Cours.

CELENUS.

Air. *Dans son Château de Gaillardin.*

Dès cet instant je vais me rendre
Chez vos parens;

C

Je vais ... apprendre
Vos sentimens.

SCENE XVI.

SANGARIDE, ATIS.

AH ! Que son sort est déplorable !

SANGARIDE.

Ah ! Ne sois pas si pitoyable,
Le Roi ne s'est pas trompé :
Comme ... apprens que le sien change.

SANGARIDE.

Quel discours étrange !

SANGARIDE.

... me rendre
... bien dur.

Voꝰ changez donc, ô beauté trop cruelle?

SANGARIDE.

Je n'aime qu'à Toy, je vous jure.

courroux!

nouvelle,

doux.

SANGARIDE.

Je n'aime qu'à vous…

SANGARIDE.

… n'en vous!

… vous

… doux.

Cybelle … l'emporte,

Souvent, à l'Oꝰage, on fait

… l'emporte,

Si j'y pense seulement.

CYBELL. AMOUREUSE,
Croyez-moi sur ma parole,
Elle ne me tente pas.
Puis-je empêcher cette folle
De me trouver des apas ?

L'effrontée, (Contredanse.) Air. *Ah, Colin! es-tu fou.*
Je n'aime que vous, je vous jure.

SANGARIDE.

Dois-je vous croire si facilement ?
Souvent on fait un serment ;
De ne plus revoir un parjure ;
Souvent on fait un serment,
Le tient-on quand on voit l'amant ?

ATIS.

Je n'aime que vous, je vous jure.

SANGARIDE.

Dois-je vous croire si facilement ?

ENSEMBLE.

Jurons-nous d'aimer bien ;
Que mon amour vous rassure,
Jurons-nous d'aimer bien ;
Mais, non, ne jurons de rien.

SANGARIDE.

Aimons, ne jurons jamais ;
Souvent, à notre âge, on fait
Des sermens indiscrets

ATIS.

Le cœur souvent se dédit ;
Et l'hymen nous contredit ;
De ce qu'amour a dit.

ENSEMBLE.   Jurons-nous, &c.

ATIS.

Quatriéme AIR noté. Aussi-tôt on lui répond ;
la bonne avanture.

Mais que rien ne vous étonne ;
Pour seconder notre espoir,
J'emploirai tout le pouvoir
Que Cybelle ici me donne.
Les vents nous enleveront
Aussi-tôt que nous le voudrons ;
Que si quelqu'un en murmure ;
Tous deux nous lui répondrons ;
La bonne avanture, au gué,
Au gué, la bonne avanture.

SCÈNE XVII.

Le Fleuve SANGARD, CÉLÉNUS, SANGARIDE, Troupe de FLEU-
VES, Troupe de NAYADES.

Le Théâtre représente des Bois; dans l'enfoncement on
voit la Mer.

Le Fleuve SANGARD.

M

Qu'il ne fasse honneur à ma fille,
Car c'est un Roi puissant & grand,
Ventez-vous-en.

AIR. *Volez, volez, Zéphirs.*

Danfons, Fleuves, fautons;
Sur l'agréable verdure
Rions & chantons;
Qu'à nos chanfons

Se joigne le murmure
D'une eau pure,
Et des verds roseaux:
Nymphes des eaux,
Accourez en cadence,
Que tout danse
Jusques aux ruisseaux.

UNE NAYADE.

VAUDEVILLE *nouveau de* M. LE GUAI.

Cinquième AIR *noté.*

Dans les grottes les plus secrettes
L'amour desormais peut entrer,
Puisqu'il a bien sçu penetrer
Dans nos humides retraites.

Ce Dieu se plaît à rassembler
Avec la téméraire Armide,
L'Agnès innocente & timide,
Qui ne sait pas l'eau troubler.

UN FLEUVE.

Sous le masque de l'imposture
On tâche en vain d'en imposer,
L'art s'entend mal à déguiser
Les défauts de la nature.

Clarice, que l'on a vû doubler
Le Cap de l'Isle de Cythere,

C iiij

Veut trancher de la femme auſtere
Qui ne ſçait pas l'eau troubler.
(*On danſe.*)

SCENE XVIII.

ATIS, LE CHOEUR.

LE CHOEUR.

Air. *Que faites-vous, Marguerite.*

DE cet aimable hyménée,
Formez les liens charmans,
Uniſſez la deſtinée
De ces bienheureux amans.

ATIS.

Air. *Dans les bras de ce que j'aime, ſuis-je moins*
heureux que vous.

Vous deviez, avant la danſe,
Songer à cette union,
Il étoit de la décence
D'uſer de précaution;
Mais la vive impatience
Que fait naître la beauté,
Fait paſſer, ſans qu'on y penſe,
Deſſus la formalité,

Cinquiéme AIR *noté.* *Comme un voyageur.*

Ce nœud déplait à Cybelle,
Souffrez, Seigneur, que la belle
Me suive dans ce moment.

CELENUS.

'Atis contre moi s'intéresse ?

ATIS.

'Appartenant à la Déesse,
Hélas ! Puis-je faire autrement ?
(*Il sort avec Sangaride.*)

LE CHOEUR.

AIR. *Lampons, lampons.*

Ah ! Quel injuste courroux, *bis.*
A cet ordre opposons-nous, *bis.*
Courons après le perfide
Qui nous vole Sangaride,
Courons,
Courons,
Camarades, courons.

ATIS *avec Sangaride dans les airs.*

AIR. *On vous en ratiffe.*

Vous vous opposez en vain ;
Zéphirs, menez-nous bon train ;
Partons, que l'on m'obéisse,
Ah ! comme il l'épousera !
On vous en ratiffe, tiffe, tiffe ;

CHOEUR

AIR. On enleve ma mie Margot.

Un vent, deux vents, trois vents, six vents, sept
vents

Que l'amour guide,

Devant tous ses parents,

Malgré Célenus & ses gens,

Enlevent Sangaride;

SCENE XIX.

La Théatre représente des Jardins.

CELENUS, CYBELLE.

CELENUS.

AIR. Qui veut ouir chansonnette.

Quoi, par votre ordre on sépare
Deux tendres amans,
Lorsque l'hymen leur prépare
Les plus doux momens?
Pan enleve la belle
Plus vîte qu'un éclair.
Que vont-ils faire, Cybelle,

AIR. *Je ne fais pas écrire.*

Pour ce petit original
Sangaride foupire,
Ensemble je les ai trouvés,

CELENUS.

A tout vent.

Et bon, ... répond;

L'amour ... Me défefpéroit ...

Et pourquoi, Madame;
Les laiffez-vous là?

Je joue un rollet mauvais, folle.

Prince, comptez fur ma parole,
Bien-tôt nous ferons trop vengés.

SCENE XX.

CYBELLE, CELENUS, SANGARIDE, ATIS.

CELENUS, CYBELLE.

AIR. *Un peu de tricherie dans la vie eſt toujours.*

Accourez que l'on vous puniſſe,
Venez vous livrer au ſupplice,

SANGARIDE, ATIS.

Et bon, bon, je t'en réponds ;
Si notre crime eſt condamnable,
L'amour le rend bien excuſable.

CELENUS, CYBELLE.

Et zon, zon, zon, ah, ah, voyez donc !

ATIS, SANGARIDE.

Un peu de tricherie
Dans la vie
Eſt toujours de ſaiſon.

CELENUS, CYBELLE,

AIR. *Je ſuis fort bon Jardinier,*
Vous deviez bien, ſans détours ;

Nous déclarer vos amours.

ATIS, SANGARIDE.

Non, non, nous favions
Qu'ici nous devions
Les cacher, & pour caufe,
Vous épargner ce chagrin-là,
C'étoit la moindre chofe;
Lon la,
C'étoit la moindre chofe.

ATIS, SANGARIDE.

AIR. *En paffant fur un pont.*
L'amour feul vous offenfe.

CYBELLE, CELENUS.

Oui; mais l'amour a tort.
Perdez toute efpérance,
Ingrats, craignez la mort.

ATIS, SANGARIDE.

AIR. *Ah, Madame Henroux!*
Ah, je ne crains pas
Pour moi le trépas;
(*fe montrant l'un l'autre.*)
Je crains pour vous-même,
Ne la croyez pas,
Sauvez ce que j'aime,
Sauvez tant d'appas.

AIR. *Le ciel bénisse la besogne.*

Toi, qui porte par tout l'horreur,
Démon, seconde ma fureur ;
Viens, & pour punir ce volage,
Inspire lui toute ta rage.

Un Diable couvert de papier & de plumes prend Atis
par la main & le fait danser.

ATIS.

AIR. *La Dégustée.*

Je sens dans tous mes sens
Une chaleur nouvelle :
Ah ! je perds le bon sens,
Qui diable m'ensorcelle ?
Mon feu se renouvelle,
Je vois jusqu'aux enfers.
Qui trouble ma cervelle ?
C'est le démon des vers.

AIR. *Flon de diabli.*

Mille auteurs que je compte
(Dans ces ténèbres-ci)
Hi, Hi, pour vous-même,
Viennent cacher la honte
D'avoir peu réussi,
Hi, hi, hi ;
Pour en perdre la mémoire ;

Dans le fleuve d'oubli

Quel cœur...

Voit-il Boirit...

A I R. *Je ne voudrai qu'un seul moment.*

Hé, quoi! Tu viens, cher LYSIMACHUS;

Rejoüis ici ton frere MATTUS...

A I R. *Tremblez...*

J'apperçois...

Te croiroit-on si méchante...

Plus... A voir ta douceur touchante...

Donc tu sçais couvrir ton front?

Non, contente, temeraire;

D'accord, De piller le legataire,

Le malade imaginaire,

Tu vôles Jusqu'au patron:

A I R. *Du Vinaigre.*

CASTOR, on te tüe en tous lieux;

D'abord sur la scène lyrique,

Puis sur le Théatre Italique

On ne t'accommode pas mieux;

Car, quoique là... fils allegre,

Castor, d'abord,

Tu serois mort

Dans le crail sole

Du vinaigre.

CYBELLE AMOUREUSE,

A I R. *De la ceinture de Vénus.*

Quel est ce nom François & Grec ;
Qui n'offre d'abord au génie
Qu'un sujet froid, aride & sec ,
Vraiment c'est la METROMANIE.

Les petits Rats , Contredanse.

Que cet ouvrage est épigrammatique,
Que de beaux vers ! Que de traits pleins de feu !
L'auteur s'est éloigné du bas comique,
Plus d'un acteur y brille par son jeu,
Que de tours où le génie étincelle !

Oui, généralement elle plaît:
D'accord ; mais cette Comédie a-t-elle
Et de l'intrigue & de l'intérêt ?

LE CHOEUR.

A I R. *Ah , Pierre ! Ah , Pierre !*

Déesse , Déesse ,
Rendez-lui le bon sens.

SANGARIDE.

Une fatale yvresse
A troublé tous ses sens ,
Soyez moins vengeresse ,
Ecoutez nos accens ,
Déesse , Déesse ,
Rendez-lui le bon sens.

CYBELLE,

LE CHOEUR.

Déeſſe, Déeſſe, &c.

CYBELLE.

AIR. *L'autre jour j'aperçus en ſonge.*

Pour venger ſa jalouſe flame,
En ces lieux Cybelle ſera
Plus cruelle qu'à l'Opera.

(*En les uniſſant.*)

Perfide, reçois une femme;
Et toi, reçois pour ton époux
Un métromane des plus fous.

VAUDEVILLE.

QU'une fille de conſéquence
Brille par ſa magnificence;
On n'a rien à dire à cela,
C'eſt un opera;
Mais qu'une griſette jolie
Mette des mouches & du fard,
Et ſe gâte ſouvent par l'Art,
C'eſt une parodie.

Qu'en tout, un ſeigneur d'importance
Sente ſon bien & ſa naiſſance,
On n'a rien à dire à cela,

D

C'est un opera ;
Qu'un riche partisan s'oublie,
Jusqu'à parler avec hauteur,
Et trancher du petit seigneur,
C'est une parodie.

Qu'une femme du haut étage
Soit dans un superbe équipage,
On n'a rien à dire à cela,
C'est un opera,
Mais qu'une bourgeoise enrichie
Mise toujours superbement,
Nous éclabousse impunément,
C'est une parodie.

La Piece finit par un Ballet Pantomyme, executé par des Poëtes.

PREMIER AIR.

Partez qu'Atis, &c.

DEUXIE'ME AIR.

Etcins ma flâme, &c.

FIN.

TROISIE'ME AIR.

Reprise.

Le bonheur de ma vie, &c.

QUATRIÈME AIR.

Mais que rien ne vous é- tonne, &c.

CINQUIÈME AIR. de M. Legay.

Dans les grottes les plus profondes, &c.

SIXIE'ME AIR.

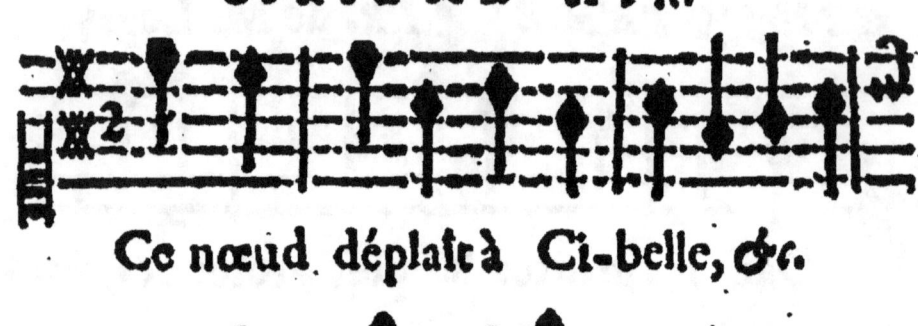

Ce nœud déplaît à Ci-belle, &c.

SEPTIE'ME AIR, de M. Legay.

Qu'une femme de consequen-ce, &c.

DE L'IMPRIMERIE
De J-B-CHRISTOPHE BALLARD,
Seul Imprimeur du Roy pour la Musique, &c. 1738.

CATALOGUE DES LIVRES IMPRIMÉS

en 1735, 1736, & 1737. chez PRAULT pere, Quay de Gêvres, au Paradis. 1738.

29

www.ingramcontent.com/pod-product-compliance
Lightning Source LLC
Chambersburg PA
CBHW060810180626
46818CB00002B/775